LES UNICQUES ET PARFAICTES

AMOURS DE GALIGAYA

ET

DE RUBICO

PIÈCE SATIRIQUE DE L'ANNÉE 1617

SUR

LA MARÉCHALE D'ANCRE

suivie de

DEUX CHANSONS DU TEMPS

Relatives à son exécution

publiée avec notice

PAR ÉD. TRICOTEL

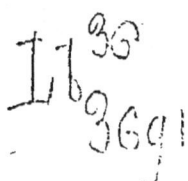

PARIS

A. CLAUDIN, ÉDITEUR,

3 et 5, rue Guénégaud.

M D CCC LXXV.

NOTICE

SUR

LES AMOURS DE GALIGAYA

I.

Parmi les nombreuses pièces écrites à l'occasion du procès et du supplice de la maréchale d'Ancre, il n'en est guère de moins connue et de plus piquante que celle intitulée : *Les unicques et parfaictes amours de Galigaya et de Rubico, par dialogue. A Rouen, imprimé par Jean Petit, demeurant près de la boucherie Sainct-Maclou, à la Court aux Clercs. Sans*

date (1617); In-8 de 8 pages. Sur le titre se
trouve un bois représentant la Galigaya en
grand costume, entre deux démons qui lui
font la cour. L'un d'eux, sans doute Rubico, s'incline gracieusement devant elle et
ébauche une profonde révérence. Cette pièce,
mêlée de prose et de vers, se recommande à
l'attention des bibliophiles par un certain mé-
rite littéraire, qu'on rencontrerait difficilement
dans les autres écrits du temps. Du reste, il
faut bien l'avouer, la Maréchale d'Ancre est
loin d'être ménagée par l'auteur du libelle, qui
accole à son nom les épithètes injurieuses de
sorcière et de magicienne. Il était difficile qu'il
en fût autrement, tant était grand alors le dé-
chaînement des Parisiens contre le couple florentin. L'assassinat du Maréchal n'avait point
assouvi la haine populaire. Chaque jour
voyait éclore de nouveaux pamphlets, pleins
de rage et de fiel, dans lesquels on outrageait
sans pitié le Marquis d'Ancre et sa malheureuse épouse. Elle était digne du bûcher, elle
méritait la mort, comme complice des crimes
de son mari, comme sorcière surtout. Pour
justifier ce second grief, on disait qu'elle se

couvrait le corps d'amulettes, qu'elle sacrifiait des coqs, qu'elle avait en sa possession des livres juifs, qu'elle consultait des astrologues et des devins, entre autres le fameux Cosme Ruggieri, abbé de Saint-Mahé.

II.

Cette accusation de magie était de la plus haute gravité. A cette époque, en effet, la sorcellerie passait aux yeux du peuple, aux yeux même des magistrats, pour un crime impardonnable qui devait être puni de la peine du feu. On n'avait pas oublié que six ans auparavant, en 1611, Louis Gaufridi, prêtre de Marseille, avait péri dans les flammes, expiant ainsi ses coupables relations avec les esprits du mal. Un pareil châtiment attendait sûrement la Marquise, et c'est ce que ne craignait pas de lui prédire le satirique et curieux opuscule que nous réimprimons.

Dans ce dialogue, l'auteur suppose que le démon Rubico est amoureux de Galigaya. I

lui déclare sa flamme et dit qu'elle a tort de
se lamenter et de verser des larmes sur la
mort de son époux, sur la captivité qu'elle
subit. Qu'elle consente à prendre un amant :
la présence d'un être aimé adoucira ses douleurs et lui rendra son ancienne gaieté.

Galigaya repousse ces avances de Rubico :

« Hélas (dit-elle au démon) ne me parlez pas de
cela, si vous ne voulez tacher ma bonne reputation, offencer nostre saincte amitié, et faire tort
aux mânes de celuy qui a si religieusement observé vos ordonnances et obey à vos commandemens : car si avant son deceds, j'estois accostable
comme une lyonne et amoureuse comme un chardon, je vous laisse à penser maintenant, affligée de
tant d'anxietez, combien j'approche moins de ce
premier amour.

RUBICO.

Hé quoy ! madame, voulez vous ainsi laissor flestrir l'automne de vostre jeunesse, consideré mesme
que vous estes encor en bon poinct comme une
jument descharnee, fraiche comme une roze seiche,
et que vous avez les mammelles rondes et fermes
comme vessies crevees. Vrayement vous offenceriez
vostre sexe et feriez tort à votre debvoir, si vous ne
vous remariez.

GALIGAYA.

Non, non, un second hymenée ne me fera con-
descendre à ce party.

RUBICO.

J'esperois neantmoins courtiser vostre beauté et
me rendre digne de vous faire service, suppleant
au deffaut de Don Conchine, qui maintenant ès
grottes avernalles caresse la deesse Discorde, fille
aisnée de Pluton, se resouvenant de l'avoir aymée
toute sa vie.

GALIGAYA.

Il peut bien estre, mais, pour moy j'ay voué de
ne me remarier jamais. »

Rubico insiste, mais en vain. Il se décide
alors à parler en vers, pensant que le charme
de la poésie attendrira le cœur de l'inhumaine.
Galigaya se moque de lui et soutient qu'on n'a
jamais vu un diable amoureux. — C'est une
erreur (lui dit Rubico); Pluton, le maître de
l'enfer, a bien aimé Proserpine. Mais citons
les vers qu'adresse Rubico à Galigaya : ils sont
véritablement gracieux et tout à fait harmo-
nieux.

RUBICO.

« Ne te souvient il point du monarque Pluton,
Qui enflamé du traict de l'enfant de Cyprine,
Quitta son pasle empire et le noir Phlegeton,
Pour ravir en son char la belle Proserpine ?

GALIGAYA.

Hé quoy ! hé ! cuidez vous me forcer à aymer,
Me faisant le recit d'une legere fable ?
Non, non : mon cher espoux me pourroit bien blasmer
Sy j'estois en amour tellement variable.

RUBICO.

Mais vous acquesterez seulement de l'honneur,
D'avoir au lieu d'un fat, d'un coyon, d'un Thersite
Gaigné l'affection d'un demon de valleur,
Non moins digne de vous que de vostre merite.

GALIGAYA.

Sy cedant à vos vœux, je suis de ce party,
Le public trouvera ceste alliance estrange,
Puis d'ailleurs ce bruict là sera tost esparty
Du depuis Fez au Caÿre, et depuis Thulle au Gange.

RUBICO.

Quand ce bruict là courra, ma belle, desormais
Par les pays voisins de la terre Idumee,
Pour un si beau subject vous ne pourrez jamais
Blesser vostre grandeur ny vostre renommee, »

Rubico finit par vaincre les scrupules de Galigaya. Elle consent à accepter son amour, mais à une condition : qu'il la délivre de l'affreuse prison où elle est enfermée.

GALIGAYA.

« Si je cede ce poinct auquel gist tout mon bien,
Si de mon amitié vous avez jouissance,
Je veux que mon corps soit exempt de ce lien,
Et que vous me mettiez en plaine delivrance.

RUBICO.

D'obeir à ce poinct je ne failliray pas :
Ouy, ouy, Galligaya, vous serez delivrée
Avant qu'il soit long temps par un juste trespas,
Estant comme sorciere en un grand feu livrée... »

Ainsi finissent *Les unicques et parfaictes amours de Galigaya et de Rubico.*

III.

Pendant que ce libelle, ainsi qu'une foule d'autres plus ou moins violents, se débitaient et se criaient dans les rues, que faisait la ma-

réchale d'Ancre? — Enfermée dans sa prison
on l'avait transférée sucessivement à la Bas-
tille et à la Conciergerie du Palais), elle attendait avec calme qu'on voulût bien achever
son procès et statuer sur son sort. Le jugement qu'allait rendre le Parlement ne l'ef-
frayait pas. Elle vivait sans crainte et sans
appréhension, car elle croyait qu'on se conten-
terait de la bannir du royaume et de la ren-
voyer à Florence, sa patrie. Cet espoir, hélas !
ne devait point se réaliser! Par un arrêt en
date du samedi 8 juillet 1617, le Parlement de
Paris déclara Concini et Galigaï sa veuve criminels de lèse-majesté divine et humaine, et
pour réparation de ce crime, condamna *la memoire dudit Conchini à perpetuité, et ladite
Galigaï à avoir la teste tranchée sur un eschaffaut, pour cest effect dressé en la place de
Greve de ceste ville de Paris, son corps et
teste bruslez et reduicts en cendres...* (1). La

----

(1) L'arrêt est dans le *Mercure françois*, année 1617,
p. 226-230, et dans le *Recueil A–Z,* vol. Y, p. 1-7. M. Jal,
en son *Dictionnaire critique de biographie et d'histoire*,
1867, grand in-8 (article *Concini*, p. 416), donne à tort à
cet arrêt la date du 18 juillet.

sentence fut exécutée le même jour. La marquise mourut avec un courage et une fermeté
que ses ennemis eux-mêmes furent forcés de
reconnaître et d'admirer.

Quant au peuple de Paris, il persista, mal-
gré cette mort inique, dans ses sentiments de
méchanceté et de brutale colère. Il en fut de
même des libellistes et des pamphlétaires. Les
historiens contemporains se montrèrent tout
aussi injustes que les faiseurs de libelles. Tous
ou presque tous applaudirent au supplice de la
Maréchale. Deux seulement osèrent résister au
torrent : ils plaignirent la marquise d'Ancre et
jetèrent quelques larmes sur sa tragique destinée. De ces deux hommes, qui méritent les
éloges de l'histoire pour n'avoir pas été sourds
à la voix de la pitié, l'un se nommait Fonte-
nay-Mareuil, l'autre (qui le croirait?) était le
cardinal de Richelieu.

IV.

Transcrivons maintenant l'intéressant récit
des derniers momens de la Maréchale d'Ancre,
tel qu'il figure dans le *Mercure françois*, année 1617, pages 231-235. Nous le donnons en
entier et sans aucune suppression.

« Il s'est imprimé divers discours sur la
mort de ceste femme, avec plusieurs epitaphes
et vers latins, françois et italiens que nous
mettons icy pour faire fin à ceste histoire.

« Quant aux discours, ils contenoient que
le samedy 8 juillet, du matin, l'arrest de mort
contre la mareschale ayant esté conclu au Parlement, et resolu que l'execution s'en feroit le
mesme jour, on commanda qu'on la fist disner
auparavant que de luy prononcer son arest.
Cependant la chapelle de la Conciergerie se
remplit de plusieurs personnes de tous sexes et
qualitez, curieuses de voir ceste pronuncia-
tion. Entre une et deux heures apres midy, le
guichetier qui avoit de coustume de la con-
duire lors que les juges la vouloient interro-

ger, l'alla querir et luy dit : Allons, Madame,
c'est pour la dernière fois ; vous sortirez au-
jourd'huy de céans. Elle qui ne pensoit nulle-
ment à la mort, et qui croyoit seulement d'estre bannie de la France, sortit assez joyeuse
de sa chambre, et le fut jusques à la chapelle,
où en entrant, voyant qu'on luy faisoit oster
son masque, elle commença à entrer en appre-
hension et dit : *Que de peuple !* Aussi la chapelle
en estoit si pleine que l'on ne la peut con-
duire jusques au lieu où se prononcent ordi-
nairement les arrests aux criminels, tellement
que le greffier Voisin s'estant approché d'elle,
luy dit qu'elle se mist en estat d'ouyr son arrest. On la fait mettre à genoux, et aussi tost
qu'elle eust entendu *et ladite Galigaï à
avoir la teste trenchée sur un eschaffaut,* elle
se leva et fit cette exclamation : *Ay mé, je suis
grosse;* tellement que l'on ne put achever de
luy faire entendre le reste de l'arrest. Sur la
repartie que le greffier luy fit *qu'elle n'en avoit
rien dit depuis sa prison,* [elle garda le silence.]
On luy osta sa coiffe de velours; l'executeur
se saisit de sa personne, quatre que docteurs
qu'hommes d'eglise s'approcherent d'elle pour

luy donner de la consolation, et on fit sortir
ce qui estoit dans la chapelle.

« Sur ce qu'elle avoit dit *qu'elle estoit grosse,*
on envoya querir des matrones ou sages-fem-
mes et des chirurgiens. On la fait monter en
la gallerie d'où les femmes entendent la messe.
Il se passa quelques paroles sur ceste feinte
grossesse, lesquelles en fin la firent entrer en
cholere contre un des juges qui avoit instruit
son procez, qu'elle interpella de respondre devant Dieu de sa mort : *Interpellez plustost sa
misericorde pour vos pechez,* luy dit-il, *vous
en avez grand besoin.*

« L'innumerable multitude de peuple qui
estoit par les rues, et les prevots et les archers
et autres personnes à cheval qui alloient devant la charette, furent cause qu'elle demeura
plus d'une demie-heure avant qu'elle fust arri-
vée en Grève. On la regardoit avec une grande
attention et silence : et elle paroissoit fort
constante entre les deux docteurs qui la con-
soloient. Toutes fois, bien qu'elle eust le teint
noir et le visage ridé avec petites taches, elle
ne parut si laide au peuple qu'il se l'estoit
figurée.

« En passant devant S. Pierre des Arsis, elle demanda aux Docteurs quelle Eglise c'estoit, et comme ils luy eurent dit que c'estoit l'eglise Saint-Pierre, elle fist arrester la charette, et y fit une priere à saint Pierre d'interceder pour elle envers Dieu. Elle parla aussi à des religieuses, prez S. Denis de la Chartre, et leur recommanda de prier Dieu pour elle.

« Estant en la place de Greve, elle apperçeut d'assez loing un gentil-homme du commandeur de Sillery qu'elle appella plusieurs fois par son nom, et le pria de dire à Monsieur le Chancelier et audit sieur commandeur, qu'elle les supplioit de luy pardonner pour les avoir grandement offensez et persecutez, et luy fit promettre avec instance de ne pas oublier ceste priere.

« Elle parla plusieurs fois au prevost De Fontis qui la conduisoit au suplice, comme si elle eust esté encores en possession de luy commander.

« Estant montée sur l'eschaffault, elle demanda pardon à tous ceux qu'elle avoit offensez, et continuant à se repentir, elle declara au greffier Voisin que ce qu'elle avoit cy devant dit

contre Monsieur le Chancelier (lors qu'elle pos-
sedoit la faveur de la Royne-mere) n'estoit pas
veritable. On loua cette satisfaction, et prin-
cipalement ceux qui sçavoient qu'il s'estoit
trouvé dans son procez une lettre escrite par
le feu mareschal d'Ancre, au mois d'avril 1616,
où il mandoit à sondit secretaire, Vincent Lodovici, qui estoit lors en cour prez de ladite
mareschale : *Qu'il ne failloit pas se contenter*
de licentier seulement Monsieur le Chance-
lier, mais qu'il le failloit perdre entierement,
pour luy retrancher toute esperance de res-
source.

« L'exécuteur l'ayant fait mettre de genoux
(*sic*), la voulant bander, elle supplia les deux
docteurs de prier Dieu pour elle. Une des cor-
delettes du bandeau s'estant trouvée courte,
comme il la ratachoit, elle dit aux docteurs :
Parlez haut, messieurs, et faictes prier le
peuple. Les docteurs lors luy firent dire *l'in*
manus, et comme elle disoit *commendo*, la
teste luy fut trenchee, assez prez des espaules.
Son corps ayant esté despouillé jusques à la
chemise, teste et corps furent jettez ensemble-
ment au feu et bruslez. Voylà quelle a esté la

fin de la mareschale d'Ancre, qui se nommoit
Leonora et se faisoit surnommer Galigaï.

« On a escrit depuis qu'elle se nommoit
Leonora Dori, qu'elle n'avoit pris le surnom de
Galigaï que depuis sa venue en France ; que
son pere estoit menuisier, de ceux qui à la mode
de Florence, vont travailler par la ville avec
un panier où sont leurs outils ; qu'elle n'estoit
pas sœur de laict de la Royne-Mere comme
on l'a voulu faire croire ; qu'ayant esté prise
à l'aage de 10 ans petite fille, pour servir la
marquise de Strivia, la Royne-Mere, qui n'estoit lors que princesse de Florence, l'ayant re-
cogneue d'un bon esprit, et la voyant d'une
humeur joviale, la voulut avoir à son service.
Aussi ledit Vincent Lodovici en son interro-
gatoire a dit qu'il croyoit que la grande faveur
que la mareschale d'Ancre avoit eue de la
Royne - Mere estoit procedée de la longue
cognoissance et grande familiarité que ladite
mareschale avoit eue dez l'aage de 10 ou 12
ans avec ladite dame Royne-Mere... »

V.

La Marechale se nommait Leonora Dori,
mais elle se faisait appeler Galigaï, du nom d'une
illustre famille de Florence. Lorsque Marie de
Médicis vint en France pour épouser le roi
Henri IV, Leonora Dori l'accompagna dans ce
voyage. L'année suivante (1601) elle se maria
au Florentin Concino Concini (le contrat est
du 12 juillet), et reçut à cette occasion de sa
bienfaitrice un cadeau de noces de 70,000
livres tournois. Elle devint marquise d'Ancre
en 1610, peu de temps après la mort de
Henri IV, et se vit alors au comble de la faveur et de la puissance. Sœur de lait de Marie
de Médicis, elle garda toujours un grand ascendant sur l'esprit de cette princesse, ascendant
qu'on attribua à la magie. La calomnie ne
devait pas plus l'épargner que son mari. On
la disait fille d'un menuisier, on ajoutait qu'elle
était laide, qu'elle était sorcière. Qu'y avait-il
de sérieux dans ces bruits populaires? Il est
difficile de le savoir d'une manière certaine.

Quant à la magie, personne n'y croit plus à
notre époque. Pour ce qui est de la naissance,
il n'est guère vraisemblable qu'une reine de
France ait choisi pour dame d'atours une fille
venue de bas lieu ; cela eût été contraire à tous
les usages. Reste la laideur : nous n'avons pas
les éléments nécessaires pour apprécier le bien
fondé de cette imputation. Nous croyons tou-
tefois que les ennemis de la maréchale d'Ancre
ont fort exagéré, en la représentant comme
tout à fait privée de ces attraits physiques qui
constituent la femme. Ainsi que la plupart des
Italiennes, elle avait le teint brun et les cheveux noirs ; elle était un peu maigre, et ne
possédait point cette opulence de formes si
chère à Rubens : voilà sans doute la vérité.
La haine qu'on portait à Concini a rejailli sur
elle, et a été cause de sa perte. On voulait
confisquer les immenses richesses des deux
époux ; pour arriver à ce but, tous les moyens
semblèrent bons. On choisit de préférence la
voie judiciaire comme étant la plus commode
et la plus simple de toutes. De là suivirent,
comme conséquence, l'arrêt du 8 juillet 1617
et le supplice de la marquise en place de

Grève, actes odieux que l'impartiale histoire
ne saurait flétrir avec trop d'indignation et
d'énergie.   *)*

VI.

Nous avons dit, dès le début de cette notice,
que les écrits contemporains, relatifs à la maréchale d'Ancre, existaient en grand nombre.
Cela doit surtout s'entendre des pièces et
pamphlets en prose. Quant aux pièces en
vers, elles sont peu communes et bien peu
nombreuses. En dehors des *Unicques et parfaictes amours de Galigaya* nous ne connais-
sons que les deux suivantes, qui la concernent
d'une manière tout à fait spéciale :

1° *Chanson nouvelle des regretʒ de la marquise d'Ancre, sur le chant : Pauvre femme
que je suis.* Sans date (1617), in-4 à 2 colonnes
de 2 feuillets non chiffrés.

2° *La Magicienne estrangere, tragedie, en
laquelle on voit les tiranniques comportemens,
origine, entreprises, desseins, sortileges, arrest, mort et supplice tant du marquis d'An-*

cre que de *Leonor Galligay, sa femme, avec
l'adventureuse rencontre de leurs funestes
ombres, par un bon François, neveu de Roto-
magus. A Rouen, par David Geuffroy et Jacques Besongne, rue des Cordeliers, joignant
Sainct Pierre*, MDCXVII (1617), *jouxte la coppie imprimée à Rouen*, in-8 de 32 pages.

Tragédie en 4 actes et en vers de 12 syllabes.
Elle a été réimprimée en 1626 sous ce titre :
*Tragedie de la marquise d'Ancre, ou la Ma-
gicienne estrangere, en laquelle on voit les
tiranniques comportemens, origine, entreprises, desseins, sortileges, mort et supplice
tant du marquis d'Ancre que de Leonor Galligay, sa femme, avec l'avantureuse rencontre
de leurs funestes ombres, par un bon François,
nepveu de Rothomagus*, MDCXXVI (1626),
in-8 de 32 pages.

On peut consulter sur la marquise d'Ancre
les ouvrages ci après :

*Arrest de la Cour de Parlement contre le
mareschal d'Ancre et sa femme, prononcé et
executé à Paris le 8 juillet 1617. A Paris par
Fed. Morel et P. Mettayer, imprimeurs ordi-
naires du Roy*, MDCXVII (1617), avec privil-

de Sa Majesté, in-8 de 13 pages, plus un feuillet
blanc; le *Mercure françois*, année 1617, in-8,
t. IV, p. 224-240; Pierre Matthieu, *La Con-*
juration de Conchine, Paris, Pierre Rocolet,
1618, in-8 (ouvrage anonyme); Legrain, *Dé-*
cade commençant l'histoire du Roy Louis XIII
etc.... *Paris, Veuve M. Guillemot*, 1619, in-
folio (Livre X, p. 403-419); Fontenay Mareuil,
Mémoires, année 1617, p. 122 (dans la collec-
tion Michaud et Poujoulat); Card. de Richelieu, *Mémoires*, t. Ier, p. 164-170 (même col-
lection); Tallemant, *Historiettes*, édition de
M. Paulin Pâris, t. Ier, p. 197-205; Bayle,
Dictionnaire, aux mots *Concini* et *Galligaï;*
Bazin, *Histoire de France sous Louis XIII,*
Paris, Chamerot, 1846, 4 vol. in-12, t. Ier, p.
310-318; Etienne Charavay, *Revue des docu-*
ments historiques, n° de juin 1873, p. 39-42.

ÉDOUARD TRICOTEL.

LES

VNICQVES

ET PARFAICTES AMOVRS DE
GALIGAYA ET DE
RVBICO PAR
DIALOGVE.

A ROVEN,

Imprimé par Iean Petit, demeurant pres
de la boucherie fainct Maclou.

A la Court aux Clercs.

LES UNICQUES ET PARFAICTES

AMOURS DE GALIGAYA

ET

DE RUBICO

PAR DIALOGUE

RUBICO.

uoy! quel feu incogneu rampe main-
tenant dans mes os, seiche ma mouelle
brusle mes arteres et fait boullir mes
veines? Et quoy, voudroy-je devenir
amoureux de Galigaya, n'aurois-je
point de honte de me rendre esclave soubs le joug
de cest aveugle Cupidon, qui tirannise inhumaine-
ment les cœurs des pauvres humains? Alte! alte!
Je ne me veux point ranger soubs une telle enseigne,
ny recevoir solde d'un tel capitaine. Hé quoy, que

diroit Megere, Thesiphone, Alecton, Erynnis, Persephone, Proserpine et toutes les Déesses de l'Empire Tenaride? Ma foy : ils se gaberoient bien de moy, quoyque je fusse l'amant de Galigaya. Non, non, encor qu'elle soit richement laide, et naturellement mal apprise, je n'en feray rien. Quoy ! que diroit Conchine? Ha, ma foy, il en feroit une plainte secrette à Minos, Radamante et Eacque, juges des Enfers, lesquels peust-estre en advertissant Pluton, Monarque infernal, me feroient donner les estrapades, ou mettre à l'inquisition pour ma temaireté : puis d'ailleurs, ce seroit une merveille, voire un prodige, que de voir un diable amoureux.

Hé, que dy-tu, pauvre Rubico, où vague ton penser, où errent tes esprits? Hé quoy? dy-tu que les Demons ne furent jamais amoureux, et qu'ils n'eurent jamais la poictrine eschauffée de quelque miracle de nature ou admirable beauté? Tu te trompe, pauvre sot, car les histoires seullement te dementent et font cognoistre ton impudence. Merlin Anglois ne fut-il pas engendré d'vn incube et d'une femme, Platon ne fut-il pas conçeu d'une vierge et du demon d'Apollo (Cardan, *in libro Subtilitatis*)? Ne parle-il pas d'un autre courtisan d'enfer, lequel entretenant une Escossoise sous la forme d'un Gentilhomme, luy engendra un monstre? Les femmes des Goths ne furent elles pas engrossies aux deserts de Scithie des demons foretiers? Fontan ne dit-il pas que Luther, subject aux esvanouyssements ou au mal-caduc, est venu de semblable

origine? Que dy-tu donc, pauvre ignorant? Il est
facile à juger que l'amour extresme que tu porte à
Galigaya t'a fait ecclipser une grande partie de ta
memoire, t'a esgaré le jugement et aveuglé l'esprit
d'une estrange façon, mais baste, pour cela je brusle
pour son amour, comme un flambeau de glace ;
il me faut l'accoster et luy faire vne grandissime
reverance, car ces imperfections meritent bien un
desloyal serviteur; mais la voicy venir, il me faut
un petit l'escouter discourir.

GALIGAYA.

Le Jour n'est tousjours veuf de Clarté, la Terre de
Fleurs, les Arbres de feuilles et l'Automne de Fruicts :
la Mer n'est tousjours agitée, le Ciel n'est tousjours
plain de feux, les Hyades ne respandent tousjours
dans l'air leurs humides buyes : mais sans aucune
trefve, je suis continuellement agitée de mille per-
plexitez qui me devorent le cœur, tout ainsi que
le foye d'un autre Promethée, mes yeux ne seichent
point, mon Ame n'eclipse point son amertume,
ma bouche ne borne point ses plaintes, ny mor.
cœur ses sanglots. Je suis tousjours aux altéres,
traversee de regrets, inquietée de crainte, et pas-
sionnée de mille espouventables phantosmes, qui
ne predisent rien sinon que la fin de ma vie s'approche; d'ailleurs l'effroyable ydée de feu Conchine,
se presente à tous coups devant mes yeux, qui m'in-
vite de le suivir à la piste, pour estre participante

aussi bien de ses malheurs qu'il a esté de mes mes·
chancetez.

RUBICO.

A vous, mon intime et celebre Dame Galigaya
eh bien quelles nouvelles, que dit le cœur? N'avez
vous pas envie de bannir vos tristesses, d'exiller
vostre infortune, de seicher les torrents de vos
larmes, d'etoupher vos sanglots, et d'inhumer les
passions qui vous martellent l'ame, gesnent le corps,
et atristent d'une telle façon, que l'on vous pren-
droit plustost pour quelque vieille carcasse deter·
rée, que pour quelque belle damoyselle? Helas! où
est le temps que vos cheveux de Meduse, blonds
comme geths, vostre front posly comme une pierre
de ponce, vos yeux verds comme feu, vostre nez
d'Elephant, vos dents de havet (1), vos mains de
Harpies, vos pieds de Homard, vostre corps gresle
comme un bufle, et vostre bouche, petite comme
l'entrée d'vn four, eussent espouventé tous les
humains, et rendu tous les Diables amoureux?

GALIGAYA.

Ces disgraces du Ciel et ces imperfections se sont
ecclipsez de moy à la mort de mon cher Marquis,
dont jadis le Soleil m'esclairoit comme une autre

---

(1) C'est-à dire, vos dents en croc.

Clytie, et faisoit naistre sur mes joües un vermeil-
lon plus esclatant que celuy de l'Aurore.

RUBICO.

Il vous faut supporter ce desastre d'un courage
aussi constant qu'il eust jadis l'ame brave et rele-
vée, et vous pourvoir d'un autre Amant, dont l'ag-
greable assistance fera bannir de vous les tristesses
qui vous minent, comme un rocher au plus vif de
l'interieur.

GALIGAYA.

Helas! ne me parlez pas de cela, si vous ne voulez
tacher ma bonne reputation, offenser nostre saincte
amitié, et faire tort aux manes de celuy qui a si
religieusement observé vos ordonnances et obey à
vos commandemens : car si auant sont deceds,
j'ettois accostable comme une Lyonne et amoureuse
comme un chardon, je vous laisse à penser maintenant, affligée de tant d'anxietez, combien j'approche moins de ce premier amour.

RUBICO.

He! quoy, madame, voulez vous ainsi laisser
flestrir l'automne de vostre jeunesse? Consideré
mesme que vous estes encor en bon poinct, comme
une jument descharnée, fraiche comme une roze
seiche, et que vous avez les mammélles rondes
comme vessies crevées : vrayement vous offenceriez

vostre sexe, et feriez tort à vostre debvoir, si vous
ne vous remariez.

GALIGAYA.

Non, non! un second hymenee ne me fera con-
descendre à ce party.

RUBICO.

J'esperois neantmoins courtiser vostre beauté et
me rendre digne de vous faire service, suppleant
au deffaut de Don Conchine qui maintenant ès
grottes Avernalles carresse la Déesse Discorde,
fille aisnée de Pluton, se resouvenant de l'avoir
aymée toute sa vie.

GALIGAYA.

Il peut bien estre, mais pour moy, j'ay voüé de
ne me remarier jamais.

RUBICO.

C'est faire tort à ma qualité et à l'amitié que je
vous ai tousjours portée, que de me congedier de
vos bonnes graces, ausquelles je suis si extreme-
ment attaché que l'aymant n'atire point si fort le
fer, que vostre recommandable laideur a attiré mon
cœur, considéré mesme que je demande une chose
qui inrevocablement m'appartient.

GALIGAYA.

Ce n'est pas l'ordinaire d'estre satisfait avant le terme, et quand ainsi seroit, comme c'est la verité que mon corps fut à vous apres mon trespas, si est-ce neantmoins que vous ne pouvez rien sur mon amour, si de grace je ne vous en donne le privilege.

RUBICO.

C'est là où je veux ancrer le gage de ma fidelité, puisque l'ancre qui autre fois a empesché mes desseins a esté precipité au creux de l'Acheron.

GALIGAYA.

La grandeur de la Case (1), dont j'ay pris mon illustre extraction, ne me fera tant oublier que de vous preferer à Conchine, et ceder à vos injustes pretentions.

RUBICO.

L'excez de vos sciences obscures vous fait errer en cela. Et quoy, n'avez-vous point plus de jugement que de faire comparaison d'une mouche à vn élephant, d'un escarbot à vn Aigle, d'un grain de sable à un Diamant et d'un lievre à un Lyon ? Resouvenez-vous, Madame, de quelle façon on l'a

---

(1) Maison, de l'italien *casa*.

traité, de quel pinceau on l'a coloré. Hé, ne sçavez
vous pas vous mesme, qu'il ne receloit qu'une
ame poltronne, qu'il ne fut jamais qu'un traistre
et un lasche Coyon, qu'il n'osa jamais, en la charge
qu'il avoit frauduleusement occupée, comparoistre
là, où les braves Cavaliers desirent espandre leur
sang, et eterniser leurs vies, faisans service à la
Majesté de leur Roy, tellement que pour tous ses
actes heroicques, c'est qu'il (1) mena une armee
devant Soissons, où il ne fut si tost qu'il ne revint
encore plus viste, n'ayant honte de laisser esgor-
ger ses Soldats? Encor de ce qu'il allast en personne devant Soissons, l'honneur m'en doit demeurer : car je luy portay à force (2).

GALIGAYA.

Je n'ignore pas cela, ny encor mille perfidies
que Dieu seul cognoissoit : mais neantmoins ses
belles epitectes ne me feront tant degenerer de ma
race, que je me porte à ce party, et contracte avec
un Demon, touchant le jeu d'amour, où vous autres
estes impuissans, bien que je recognoisse que vous
pouvez prendre un corps d'air, et par mouvement
local, transporter aux provinces, là où vous desirez,
raines, crapaux, chenilles, foudres et gresles, aussi

---

(1) Imp. *qui.*

(2) Le sens de la phrase est obscur. Je crois qu'il faut
lire : *Je l'y portay*, c'est-à-dire je l'y poussai.

facilement, comme vos confreres transportoient jadis des Marrans aux (1) nouvelles Indes, avant qu'ils eussent reçeu la foy catholique.

RUBICO.

Vous avez encor mal estudié. Hé, n'avez vous pas entendu les naissances de Merlin, Platon et Luther? Ignorez vous quels Monstres sont sortis de tels accouplemens, tesmoingt ceste fille de Constance? Ignorez-vous que nous pouvons nous servir des corps des infidelles fraischement decedez, pour joûer nos stratagesmes, et posseder encor ceux des femmes de mauvaise vie, en semblable occasion, pour decevoir les hommes?

GALIGAYA.

Encor que cela ne soit de mise, vous me confesserez que vous ne pouvez pourtraire au vif.

RUBICO.

Vous me comptés des merveilles, et d'où vient donc que Corocoton abuse des femmes de la Nouvelle Espagne : et leur engendre des enfans, qui portent des cornes au front, comme petits boucs?

GALIGAYA.

Laissez là ces discours, j'ay bien plus d'occàsion de penser à ma delivrance qu'à vos amours.

---

(1) L'imprimé porte à tort *marrons.*

RUBICO.

Sy vous me voulez laisser moissonner le fruict que je desire, je vous enleveray sur mon dos, comme sur le cheval d'un Pacolet, et vous porteray en la montaigne d'Hecla auec vos favorites.

GALIGAYA.

J'ayme bien mieux estre encore icy, endurant des peines terrestres que des supplices eternels.

RUBICO.

Bien donc, je vous mettray en plaine liberté, comme je fis autre-fois le Seigneur du chasteau de Crest pres Clermont en Auvergne, qui estoit esclave en Turquie, ou en vostre premiere felicité, comme un de mes compagnons mit Federic d'Autriche (1), detenu prisonnier de Louys, Duc de Bavieres.

GALIGAYA.

Non, non, je ne veux demeurer icy, vous estes trop perfide, puis il n'y a point de fiance aux diables.

RUBICO.

Donnez-moy donc vostre amitié d'une auss

---

(1) Frédéric, dit *le Beau*, duc d'Autriche, battu et fait prisonnier par Louis V de Bavière, empereur d'Allemagne, à la bataille de Muhldorf, en 1322.

grande affection que je m'offre à pourchasser vostre
delivrance.

GALIGAYA.

C'est temps perdu : avant le Soleil sera sans clarté,
les Estoilles sans splendeur, la Mer sans poissons,
les bois sans verdure, le prin-temps sans fleurs, et
les Fleuves sans eau.

RUBICO.

Quel desastre felon me commande d'aymer
Une fiere Alecton, qui deslors sa naissance,
Allectée de sang, ou bien d'vn philtre amer,
Ne veut du Cyprien honorer la puissance !

GALIGAYA.

Amy, ne te plains point de ton sort rigoureux :
Le mal que tu soutiens, est digne de ta peine ;
Et quoy ! qui vit jamais un Diable estre amoureux,
Et vouloir decevoir une Beauté humaine ?

RUBICO.

Ne te souvient-il point du monarque Pluton,
Qui enflamé du traict de l'enfant de Cyprine,
Quitta son pasle empire et le noir Phlegeton,
Pour ravir en son char la belle Proserpine ?

GALIGAYA.

Hé quoy ! hé ! cuidez vous me forcer à aymer ;
Me faisant le recit d'une legeré fable ?

Non, non, mon cher espoux me pourroit bien blasmer,
Si j'estois en Amour tellement variable.

RUBICO.

Mais vous acquesterés seulement de l'honneur,
D'avoir au lieu d'un fat, d'un Coyon, d'un Thersite,
Gaigné l'affection d'vn Demon de valleur,
Non moins digne de vous que de vostre merite.

GALIGAYA.

Sy, cedant à vos vœux, je suys de ce party,
Le Public trouvera ceste alliance estrange,
Puis d'ailleurs ce bruict là sera tost esparty
Du depuis Fez au Cayre, et depuis Thulle au Gange.

RUBICO.

Quand ce bruict-là courra, ma belle, desormais
Par les pays voisins de la terre Idumée,
Pour un si beau subject vous ne pourrez jamais
Blesser vostre grandeur ny vostre renommee.

GALIGAYA.

Vous faites en cela un petit du flatteur,
Mais dite moy un peu, une Dame peu stable
Qui, apres son mary espouse un serviteur,
Ne se rend elle pas vers chacun peu loüable?

RUBICO.

Je feray, tant s'en faut croistre votre renom,
Ainsi comme l'effect le vous fera paroistre,

Car ce n'est peu d'honneur de cherir un Demon
Qui en sçait plus cent fois que ne sçavoit son Maistre.

GALIGAYA.

Si je cede ce point auquel gist tout mon bien,
Si de mon amitié vous avez jouissance,
Je veux que mon corps soit exempt de ce lien,
Et que vous me mettiez en plaine delivrance.

RUBICO.

D'obeir à ce point je ne failliray pas :
Oui, oui, Galigaya, vous serez delivrée,
Avant qu'il soit long-temps, par un juste trespas,
Estant comme Sorciere, en un grand feu livrée.

GALIGAYA.

Si une telle mort doibt ma fin couronner,
Si je doibs devaller en l'Infernal Empire,
Quand j'oseray mon corps à toy abandonner,
Je ne peux recevoir une sentence pire.

APPENDICE

DEUX CHANSONS

SUR LA MARÉCHALE D'ANCRE.

ous donnons en appendice deux chansons curieuses et peu connues sur la maréchale d'Ancre. La première est tirée de la pièce rarissime intitulée : *Chanson nouvelle des regretz de la marquise d'Ancre sur le chant : Pauvre femme que je suis.* Sans date (1617), in-4 à 2 colonnes de 2 feuillets non chiffrés. Cette plaquette, outre la chanson ci-dessus, en renferme trois autres : 1° *Chanson nouvelle de la resjouissance des bourgeois de la ville*

de Soissons, sur le chant de la ville de Som-
mieres; 2º *Chanson nouvelle de la resjouis-*
sance des laboureurs sur la paix, sur un chant
nouveau; 3º *Resjouyssance de la France sur*
la mort du cocquin d'Ancre en forme de chan-
son, sur le chant de Gouvieux. La seconde se
lit p. 10-11 d'une autre pièce également rare :
Le Normant sourt, aveugle et muet, ensemble
un dialogue entre Jean qui sçait tout et Thi-
baut le Natier. A Paris, chez Abraham Sau-
grain, rue S. Jacques, au dessus de S. Benoist,
MDCXVII (1617), *jouxte la coppie imprimée*
à Rouen, avec permission, in-8 de 16 pages,
sous la signature A-B.

I.

CHANSON NOUVELLE

DES REGRETZ DE LA MARQUISE D'ANCRE.

Sur le chant : *Pauvre femme que je suis.*

M ESSIEURS, je vous prie ouyr
　　Ce que je dis au jour d'huy :
　　　Pauvre languissante,
Je soulois porter le nom
　　　De marquise d'Ancre.

　　　Je suis bien meschante
　　　D'avoir ainsi offencé
　　　Le bon roy de France.

J'estois eslevée bien hault,
Maintenant tout d'un plein sault
　　　Je suis arrestée
En une forte prison,
　　　Bien desconfortée.
　　　Je suis bien meschante, etc.

Les perruques, les bouffons (1)
Et les nœuds si très mignons,
  Las ! infortunée (2),
Depuis le hault jusqu'en bas
  Suis toute razée.
    Je suis bien meschante, etc.

Magicienne j'ay esté
Par ma grand desloyauté,
  Et mon avarice ;
Maintenant de jour en jour
  J'attends mon supplice.
    Je suis bien meschante, etc.

J'estois fille d'un mercier,
Mon mary d'un menuisier,
  Mais par ma magie
En France ons (3) monté si hault
  Par nostre folie.
    Je suis bien meschante, etc.

Ce n'estoit pas la raison,
Que dedans une maison

---

(1) L'imprimé porte : *et les bouffons*, ce qui fait le vers
faux.

(2) Imp. *Las ! pauvre fortunée*. On sait qu'anciennement
fortunée avait le sens de malheureuse, infortunée.

(3) Pour *avons*. Le texte imprimé donne : *ont*.

Si grande et royalle,
Que par magie il y eust
    Une mareschalle.
    Je suis bien meschante, etc.

J'avois tant d'or et d'argent,
Et des joyaux si luisans,
    Que je m'osois dire
Une dame grande helas !
        Pour mon artifice.
        Je suis bien meschante, etc.

Satan, ce traistre et meschant,
M'alloit si bien poursuivant,
    Et le marquis d'Ancre
D'attaquer la majesté (1)
        Du grand roy de France.
        Je suis bien meschante, etc.

Mais ce grand Dieu n'a permis
Que moy et que mon marquis,
    Et que nostre audace
N'ayt vollé de plus en plus
        Par dessus les astres.
        Je suis bien meschante, etc.

---

(1) Nous avons été forcé de refaire ce vers, qui est faux
dans l'imprimé. L'original porte: *D'attenter à la majesté.*

Dieu par sa grande bonté
La paix nous a envoyé
    Par toute la France.
Prions pour le roy Louys
    Et sa grand clemence.
    Je suis bien meschante
    D'avoir ainsi offencé
    Ce grand Roy de France.

II.

COMPLAINTE LAMENTABLE

Sur le chant : *Dames d'honneur.*

NOBLES François, je vous prie à mains jointes,
    D'avoir esgard à mes tristes complaintes :
Les grands tourments que porte dans mon cœur,
Me causeront toute ma vie douleur.

Damnable sort, detestable magie,
Par qui je dois un jour perdre la vie !
Si le bon Roy ne prend pitié de moy,
Mon corps sera mis en piteux arroy.

Helas! helas! où estoit ma croyance
Quand par mon sort j'ay troublé ceste France,
Pour agrandir mon mal-heureux mary?
De mes mal-heurs j'en ay le cœur marry.

O jour fatal, maudite destinée,
Si je me voy dans un enfer damnée!
Mieux m'eust vallu mourir à mon berceau,
Que de finir par les mains d'un bourreau.

Mal-heureux est qui se fie à Fortune!
Par les grandeurs je suis trop importune;
Obéissant au vouloir de Conchin,
Plusieurs tourmens j'auray pour mon butin.

Qui rend bien plus mon courage debille,
C'est que je crains que ma pauvre famille,
Ainsi que moy, ne fasse son trespas,
Et qu'ils ne soient surpriñs dans mes apas.

Pour me sauver de cruelles miseres,
Rien ne me sert demoris ny caracteres;
Ny mes tresors, ny riches affiquets
N'empescheront mes douleurs aux gibets.

J'ay un regret dedans ma conscience
D'avoir quitté mon pays de Florence,
Pour m'en venir tourmenter les François,
Qui n'ont pitié de mes funestes voix.

Dames, prenez exemple (1) à mon martire,
Et ne troublez royaumes ny empire;
Pour vos maris ne vous faites damner :
Le mien me fait à la mort condamner.

Mon Dieu, mon Roy, l'Église et la Justice,
Pardonnez moy mes pechez et mon vice :
Il vaudroit mieux jamais ne marier,
Que d'aller prendre si meschant menusier (2).

---

(1) Imp. *exemples.*

(2) Je laisse subsister toute l'incorrection du texte. Il serait préférable de lire :

Il vaudroit mieux ne se point marier,
Que d'avoir pris si meschant menusier.

S.-GERMAIN-EN-LAYE
Imprimerie E. Heutte.
M D CCC LXXV.

86

www.ingramcontent.com/pod-product-compliance
Lightning Source LLC
Chambersburg PA
CBHW061704180626
46818CB00003B/1250